LE
MODERNE TITUS,

ou

LE VRAI ROI,

LE HÉROS VÉRITABLE.

POËME;

Par Mme d'A.... de B....

Des hymnes, de l'encens, pour ce monarque auguste,
Quelle tâche plus douce et quel tribut plus juste !

PARIS,

A. EGRON, IMPRIMEUR

DE S. A. R. MONSEIGNEUR DUC D'ANGOULÊME,
rue des Noyers, n° 37.

1815.

LE
MODERNE TITUS,

OU

LE VRAI ROI,
LE HÉROS VÉRITABLE.

POËME;

Par Mme d'Astanières de Boisserolle.

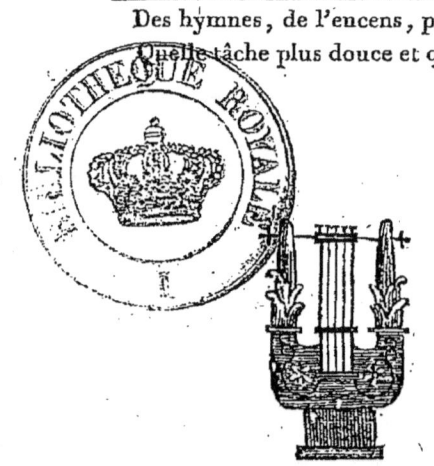

Des hymnes, de l'encens, pour ce monarque auguste,
Quelle tâche plus douce et quel tribut plus juste !

PARIS,

DELAUNAY, LIBRAIRE, AU PALAIS-ROYAL;
LALOY, LIBRAIRE, RUE DE RICHELIEU, N° 95.

1815.

LE

MODERNE TITUS.

Quoi ! vos voix ont chanté par mille accords sublimes
Les lauriers teints du sang d'un amas de victimes,
Les siéges, les combats, les bataillons mourans,
Les funestes exploits des cruels conquérans,
O Muses ! quand la Paix, la Gloire et la Clémence
Consacrent aujourd'hui le bonheur de la France ;
Quand la tendre Pitié cherchant des yeux en pleurs,
Ne trouve plus déjà la trace des douleurs,
Lorsque dans le Léthé tous nos maux disparaissent ;
Qu'au sein de nos cités tous les plaisirs renaissent ;
Que d'un rare pardon sourit l'humanité ;
Qu'enfin vient parmi nous habiter la Bonté,
Pour semer ses bienfaits sous les traits d'Alexandre,
Vous, Muses, vous pourriez ne pas vous faire entendre ?
Non, gardez le silence.... Ah ! tant de sentimens
Sont, il faut l'avouer, au-dessus de vos chants !
C'est au cœur à parler ; le cœur hait l'imposture,
Car la reconnaissance est son fard, sa parure.
  O Vérité ! pour toi jamais sujet plus beau !
Sers mon délire, viens, prête-moi ton flambeau.
Je veux, sans ornement, à ce siècle prospère,
Essayer d'esquisser les traits d'un tendre père,
D'un monarque immortel, d'un héros bienfaiteur :
Ton encens est le seul digne de sa grandeur.

Ah! dans ces jours heureux, qui n'aime à rendre hommage
Au vainqueur pacifique, au grand homme, au vrai sage,
Par qui la France enfin retrouve ses bons Rois;
Qui soumet l'univers sans lui dicter des lois;
Et qui semble du ciel envoyé sur la terre,
Tel qu'un ange de paix, un ange tutélaire!
ALEXANDRE! ce nom à tout sensible cœur
Présentera toujours l'image du bonheur.
Ce nom, si cher au monde, inspire l'allégresse :
Tel le souris charmant dissipe la tristesse.
Sa magnanimité vient réparer nos maux.
Qu'il est bien différent de ce fameux héros
Dont il porte le nom, du vainqueur de l'Asie!
Le seul Mars de son cœur fut l'idole chérie :
Il détrôna les rois, il pilla les Etats,
Il soumit l'univers par le feu, les combats;
Et, tel qu'un ouragan, il ravagea le monde,
Ne laissant après lui qu'une douleur profonde.
Qu'on ne me vante plus de pareils conquérans;
Ils sont, pour les mortels, comme la faux du Temps.
Sans chercher loin de nous des traits de barbarie,
C'est toi que j'interroge; ô ma chère patrie!
Toi qui fus si long-temps victime de l'erreur;
Qui reconnus trop tard le masque séducteur
Qui couvrait les forfaits du cruel despotisme,
Sous le voile sacré du pur patriotisme;
Qui, dans les fers dorés de l'orgueilleux pervers
(Dont l'ardeur à troubler la paix de l'univers
Etait l'ambition, le plaisir véritable),
As gémi sous le joug d'un despote exécrable,
Dis-moi quelle furie enflammait ce tyran?
Mais comment soutenir ce tableau déchirant!

Je vois l'humanité d'effroi pâle et tremblante,
Tout-à-coup reculer et tomber expirante.
Eh ! peut-on appeler triomphes, des forfaits !
La nature frémit, abhorre ces succès !
Du matin jusqu'au soir, veuves, vieillards et filles
Demandent compte, en deuil, au tyran des familles,
D'un père, d'un époux et d'un fils malheureux :
Mais il est insensible à leurs cris douloureux.
Les fleuves teints de sang, les champs jonchés de têtes,
Voilà ses grands exploits et ses douces conquêtes.
Quel horrible fléau qu'un prince destructeur !
C'est un feu dévorant ! un lion en fureur !
A son nom les cités deviennent des abîmes,
Jusqu'aux bornes du monde il fait haïr ses crimes.
Barbares conquérans, qui n'adorez que Mars,
Accourez contempler de l'empire des Czars
Aux colonnes d'Hercule ; eh ! que dis-je ? la terre.....
Reconnaissez les traits d'une âme sanguinaire,
Ses féroces exploits, son inhumanité :
Est-ce là le chemin de l'immortalité ?
Des lauriers de la Paix couronnant la Victoire,
Le sauveur des Français connaît une autre gloire.
Du vainqueur de l'Euphrate égalant la valeur,
Il sait d'Auguste encor surpasser la douceur.
Les cœurs sont fortunés sous son obéissance,
Et par ses seuls bienfaits on connaît sa puissance.
Est-ce l'ambition qui vient armer son bras ?
La tendre humanité guide seule ses pas ;
Veilles, travaux, périls, il franchit tout pour elle :
Ainsi le veut son cœur à la vertu fidèle.
S'il vient de sa vaillance étonner l'univers,
C'est pour sécher les pleurs et pour briser les fers.

Son sceptre est pour la terre une douce rosée ;
Sitôt qu'il l'a conquise elle est fertilisée.
Signalant par la paix sa gloire et ses vertus,
En fermant pour toujours le temple de Janus,
Son âme, ses talens, son génie héroïque
Ont éclairé, fixé l'horizon politique.
Ah ! quel prince jamais égala ses destins !
Il est béni, chéri des dieux et des humains !
De ses propres lauriers la Gloire le couronne ;
De ses brillantes fleurs la vertu l'environne.
L'Alexandre d'Europe est le rival des dieux ;
En séduisant les cœurs il enchante les yeux.
Du Français il se plaît à vanter le courage.
La fête européenne est son plus doux ouvrage.
Les mortels, les climats si long-temps désolés,
Par ses royales mains sont enfin consolés ;
Et des glaces de l'Ourse à l'onde Ethiopique,
Tout ressent les faveurs du vainqueur pacifique.
Tel qu'un fleuve fameux qui, coulant à jamais,
Sur ses bords, en tous lieux, épanche ses bienfaits,
Ce moderne Titus, nouvelle Providence,
Ainsi de toutes parts fait sentir sa clémence.
Il rend aux nations leur pontife et leurs rois ;
Et son vaste génie est propice à-la-fois
Aux exploits d'un Hector, aux talens d'un Virgile ;
Il distingua Moreau, converse avec Delille.
La folle ambition et le superbe orgueil
En tombant à ses pieds descendent au cercueil.
O Paris ! ton éclat, sans le cœur d'Alexandre,
Aujourd'hui n'offrirait que des monceaux de cendre!
C'est un ami qui vole aux cris de ses amis ;
C'est un sensible père attendri sur ses fils ;

Il ne veut qu'être aimé! Ce conquérant sublime,
A-la-fois ennemi des tyrans et du crime,
Des peuples opprimés est le noble vengeur;
Des malheureux humains il est le bienfaiteur.
Au pôle nébuleux du bonheur naît l'aurore.
ALEXANDRE est pour nous un brillant météore.
Il console nos cœurs, excite notre amour.
Sa présence vaut mieux que l'éclat d'un beau jour.
Son bras victorieux, guidé par la clémence,
Anéantit le mal, protége l'innocence.
Tel Hercule autrefois, de cent monstres vainqueur,
Appui des malheureux, les rendit au bonheur.
A sa voix les cités embellissent le monde.
Voyez sortir Moscow de sa cendre féconde;
Sa nouvelle splendeur fait oublier ses maux.
Changer le mal en bien c'est l'œuvre d'un héros.
Sur le trône des rois son trône est le suprême;
Sur l'empire des cœurs son empire est le même.
Ah! qui n'adorerait un roi si généreux!
Le monde heureux, par lui, n'a plus de malheureux.
Quand ses sujets actifs, par un commerce rare,
Vont porter et des lois et des mœurs au Tartare,
Le souverain des dieux dirigeant ses succès,
Il va d'un fier tyran délivrer les Français.
O triomphe céleste! ô vengeance sublime!
Honneur! gloire immortelle à ce cœur magnanime!
Par quel fâcheux destin faut-il que dans mes vers
Je peigne faiblement l'amour de l'univers!
Ah! que n'ai-je des cieux reçu la voix d'Homère!
Au lieu de célébrer une illustre colère,
Des guerriers orgueilleux, et leurs dissensions,
Je chanterais ce Roi, père des nations;

Cet heureux phénomène, admirable assemblage
De bonté, de splendeur, de talent, de courage.
Les siècles si vantés des Grecs et des Romains,
De grandeur, de vertus, de chefs-d'œuvres divins,
Par lui sont éclipsés : un trait de son histoire
Réunit des héros la sagesse et la gloire.
Lorsque les maux ont fui, leurs tristes souvenirs
Font mieux goûter encor la douceur des plaisirs.
Voyez-le secourir la terre épouvantée,
S'avancer dans le sein de la France agitée,
Eteindre le volcan, dissiper le chaos :
L'égide de Minerve est celle du héros.
  Depuis vingt ans et plus, planant sur l'hémisphère,
L'exécrable Discorde ensanglantait la terre ;
La France était sa proie ; on n'entendait parler
Que de morts, de combats, de sang prêt à couler.
Des cœurs ambitieux qui secondaient sa rage,
Préféraient à la paix le trouble et le carnage ;
Au bonheur le plus vrai, mille calamités.
Le ténébreux Tartare a moins de cruautés
Que n'enfanta de maux la funeste anarchie.
La France, sous le joug de ce monstre asservie,
Devint un vaste camp, et tout Français soldat,
Que Bellone elle-même excitait au combat.
Le crime prit l'essor, fixa son trône en France....
Et le sang des Bourbons, le sang de l'innocence,
Immolé sans vengeur au sanglant tribunal,
Pour l'univers entier fut un meurtre fatal.
  « Quoi ! les trônes des rois sont-ils réduits en poudre,
  « Et l'aigle des Césars a-t-il perdu la foudre ?
  « Hélas ! partout l'oubli, l'impuissance ou l'effroi ! »
Pitié, tendre Pitié ! mon Roi n'avait que toi !

Les lugubres échos de ta voix gémissante,
Les pleurs d'une famille et victime et tremblante.
« Du monstre, disais-tu, vous sentirez les coups,
« Et les maux de Louis retomberont sur vous. »
Votre abandon, Europe, à mon Roi si funeste,
Provoque contre vous la justice céleste.
Le second Saint-Louis a les cieux pour vengeurs :
Oui, l'Europe souillée expîra ses malheurs.
Ainsi, douce Pitié, d'une voix héroïque,
S'épanchait de ton cœur la douleur prophétique.
Les fléaux réunis sont bien moins désastreux
Que les luttes du crime et des mortels entr'eux.
Du bonheur des humains l'implacable ennemie
Soufflait dans tous les cœurs sa rage et sa furie;
Les abreuvait de fiel par la main de l'erreur.
Le Français égaré devint un destructeur.
Sous les traits d'un tyran, la Discorde inhumaine
Vint sur le monde entier régner en souveraine.
Ainsi de ce fantôme appelé liberté,
Naquirent l'anarchie et l'inhumanité.
L'affreux tyran d'abord dans sa course timide,
Bientôt vole en tout lieu, comme l'éclair rapide.
Son bras dévastateur dévoile ses secrets.
Le monde épouvanté tremble de ses projets.
Sur le trône des Rois voyez le téméraire,
Entendez les discours de son cœur sanguinaire :
« Je veux que les mortels soient soumis à ma voix;
« Par la flamme et le fer je veux dicter mes lois;
« Je veux sur l'univers établir mon empire;
« L'audace réussit, elle seule m'inspire :
« *Je veux faire trembler la terre sous mes pas;*
« *Mettre un roi hors du trône et donner ses Etats:*

*

« *De mes sanglans exploits rougir la terre et l'onde,*
« *Et changer à mon gré l'ordre de tout le monde.* »
Dignes projets d'un roi des tigres et des ours !
L'humanité frémit à de pareils discours !
Par ce monstre fatal , la céleste justice
Vient en ce jour creuser un affreux précipice,
Pour donner un exemple à l'homme ambitieux,
Qui pense se jouer impunément des dieux.
Ce tyran tout-à-coup, des bords fleuris du Tage,
Aux champs aimés du ciel que la Newa partage,
De forfaits en forfaits envahit les Etats ;
Croit domter les mortels, les mers et les frimas.
Déjà son nom répand une terreur profonde,
Et l'enfer s'enrichit des dépouilles du monde.
Le féroce Attila, même dans sa fureur,
Répandait moins d'effroi, causait moins de terreur.
L'airain qui, dans ses flancs, renferme le tonnerre,
Qui, lancé dans les cieux, vient foudroyer la terre,
Grondait d'un pôle à l'autre, épouvantait les airs,
Sur tous les points du globe ébranlait l'univers.
Un déluge de feu changeait tout en abîmes,
Où tous les ossemens d'innombrables victimes
S'engloutissaient, noyés dans des ruisseaux de sang :
La mort ne respectait ni l'âge, ni le rang.
Des ministres de Mars, séduits par la Victoire,
Soutenaient le tyran qui leur devait sa gloire,
Et ces guerriers.... Ma main, de ces gouffres de maux,
Ne vient point retracer les horribles tableaux
Les débris effrayans de ces accès de rage,
Du midi jusqu'au nord le diront d'âge en âge....
Les cœurs, épouvantés de ce péril mortel,
Adressent leurs soupirs au séjour éternel.

Où fuir? où nous sauver? disait l'Europe entière,
Le monde est un volcan! l'enfer est sur la terre!
L'oracle du ciel dit : «Un favori des dieux,
« Héros jeune, vaillant, comblé des dons des cieux,
« Et puissant potentat, instruit par la sagesse,
« Suspend par ses vertus la foudre vengeresse :
« Il va tout réparer, inspiré par son cœur.
« Le Destin aujourd'hui révoque en sa faveur
« L'arrêt trop mérité : que l'Europe succombe;
« Que le vaste univers ne soit plus qu'une tombe;
« Que peuples, rois, climats, victimes d'un tyran,
« De sa férocité deviennent l'aliment.
« Le ciel, par ce pardon, signalant sa puissance,
« Veut que la main du juste exerce sa clémence :
« C'est à lui qu'il commet le bonheur des humains.
« Les complots des pervers désormais seront vains.
« Mais les Français vivront dans les maux, les alarmes,
« Expîront leurs forfaits par des torrens de larmes,
« Purifîront le sol qui vit périr Louis,
« Jusqu'au jour qu'en ce lieu refleuriront les lis,
« Et qu'un vainqueur deux fois conduit par la Victoire,
« Leur rendra leur éclat et leur antique gloire. »
Où trouver ce phénix, ce sublime mortel,
Qui puisse exécuter ce décret solennel?
Hélas! existe-t-il?.... Par cet arrêt funeste
Il nous faut donc périr? Tel est l'ordre céleste!
Chacun au désespoir, en répétant ces mots,
Croyait sans un prodige au retour du chaos,
Lorsqu'un roi généreux, appelé par la France,
Des peuples opprimés embrasse la défense.
Riche en valeur, mais riche encor plus en vertus,
Il eût servi d'exemple au vainqueur de Turnus.

Quand l'arbitre suprême à se venger s'apprête,
Ce prince magnanime apaise la tempête.
Ah ! faire des heureux, pour un sensible cœur
Est le premier besoin et le plus doux bonheur !
ALEXANDRE, des rois, des héros le modèle,
A sans doute reçu le jour d'une immortelle.
Ce favori des dieux, promis par les destins,
Est l'espoir et l'amour et l'honneur des humains.
Entre ses mains on voit l'olive et la balance;
Sous l'armure de Mars il est la bienfaisance ;
Semblable à Jupiter foudroyant les Titans,
Il en a le pouvoir et les traits ravissans.
« C'est le moment, dit-il, je veux sauver le monde,
« Arrêter d'un tyran la course furibonde,
« Et soudain l'enchaîner par les mains de la Paix.
« Qu'une sainte alliance assure mes succès !
« Eteignons pour toujours les torches de la guerre.
« Le code de l'enfer est-il fait pour la terre ?
« Puis-je voir sans pitié tant d'êtres malheureux !
« ALEXANDRE, attendri, veut combler tous les vœux.
« D'un vautour altéré de sang tout est la proie !
« J'en jure par les dieux, dans mon sang qu'il se noie,
« Si je ne parviens pas à tarir tous les pleurs,
« A changer en plaisirs les amères douleurs !
« *Protéger les humains est la plus belle marque*
« *Qui fasse à l'univers connaître un vrai monarque.*
« Clémence sur clémence, et bienfaits sur bienfaits,
« Dessilleront les yeux des aveugles Français. »
Un instinct de bonté se fait bientôt comprendre.
Une foule de rois, doués d'une âme tendre,
Partagent à l'envi ces desseins bienfaisans.
La divine Clémence a les rois pour amans.

Rendre heureuse la terre est pour eux une fête;
C'est leur ambition, le but de leur conquête.
Le plus puissant d'entre eux déployant ses secrets,
Ils se trouvent unis de cœur et de projets.
ALEXANDRE, entouré des alliés fidèles,
Semble Apollon, ce chef des neuf Sœurs immortelles.
Aussitôt ce héros, d'un élan généreux
Court arracher le monde à ce monstre orgueilleux.
Il jette un cri guerrier; et l'Europe en alarmes
Répond par mille cris, en saisissant les armes :
« Enchaînons le tyran, protégeons les Français,
« Affranchissons l'Europe et donnons-lui la paix. »
Ces fières légions, en courage rivales,
Vont, pour l'humanité, des terres boréales
Parcourir à l'instant tout le vaste univers :
Leur magnanime vœu retentit dans les airs.
Je renonce à chanter leur nombre et leur vaillance :
C'est déjà trop pour moi de chanter la clémence.
L'ennemi des humains, accessible à l'effroi,
S'écrie en sa fureur : « C'est à vous, non à moi,
« O Français ! qu'en ce jour l'Europe fait la guerre!
« Femmes, vieillards, enfans, armez-vous du tonnerre;
« Partagez ma fureur, exécutez mes lois,
« Tout va s'anéantir à ma puissante voix.
« Qui d'attaquer mon bras jamais aurait l'audace?
« Ecrasons tous ces rois, et pour eux point de grâce. »
Ainsi quand l'aquilon sur l'onde avec fureur
Souffle, gronde, mugit, en proie à la terreur,
Le pâle matelot voit au fond de l'abîme
La mort prête à saisir sa tremblante victime;
De même consternés, en pleurs, vêtus de deuil,
N'espérant d'autre paix que celle du cercueil,

Les tristes habitans de la France plaintive
Ne voyaient devant eux que l'infernale rive.
Aux pieds du Tout-puissant imploraient sa bonté,
Maudissaient d'un tyran l'affreuse cruauté,
Et disaient, accablés : « Tous les rois de la terre
« Viennent anéantir, par lui, la France entière.
« Quoi! l'exécrable honneur d'enchaîner l'univers,
« D'évoquer contre nous tous les maux des enfers,
« Et de troubler les cœurs et les Etats paisibles,
« N'auraient pas mérité des châtimens terribles!
« Quel despote a jamais commis autant d'horreurs!
« Chacun de ses lauriers coûte un torrent de pleurs.
« Affreux excès d'orgueil! aveugle obéissance,
« Que la peur, à genoux, rendait à la puissance!
« O France! il est venu pour vous le jour fatal
« Qui doit venger l'Europe et votre sang royal!»
Les larmes, les regrets, les prières tremblantes,
Elèvent vers le ciel des plaintes suppliantes.
Inutiles remords! coupable nation!
O superbe Paris! ô nouvel Ilion!
Déjà le glaive brille, et dans l'air part la foudre
Pour punir tes forfaits et te réduire en poudre....
Mais tout change soudain... O céleste bonté!
Admirable pardon! auguste Vérité,
Parle, ne nous tais rien d'un sujet plein de charmes!
Les larmes du bonheur sont de bien douces larmes!
Des patriotes rois, de climats en climats,
La gloire et la vertu partout guidant les pas,
Qui pouvait arrêter leur marche triomphale?
L'olive, le laurier et l'écharpe royale,
De nos antiques Rois, de nos Bourbons chéris,
Parent enfin les murs du trop heureux Paris.

La Seine à cet aspect se rassure et respire.
ALEXANDRE paraît ; c'est le ciel qui l'inspire :
« Fiers enfans du Midi, partagez mes succès;
« Livrez-vous au bonheur, ma conquête est la paix.
« Français! *je ne viens point, conduit par la Victoire,*
« *De vos bords si fameux flétrir l'antique gloire.*
« Les rois sont vos amis, ils combattent pour vous,
« Pour vous faire jouir du destin le plus doux.
« Guerre, uniquement guerre à ce fléau du monde,
« Ennemi des humains ! Que ce jour le confonde !
« Le tyran à jamais est banni de ces lieux.
« Vos cœurs exempts de maux verront combler leurs vœux.
« Un sceptre n'est conquis par la main d'ALEXANDRE,
« Que pour goûter soudain la douceur de le rendre.
« Je remets la couronne au Désiré LOUIS,
« Sur le front de ce Roi, d'Henri le digne fils. »
Tout un peuple à genoux, plongé dans la tristesse,
Fait bientôt éclater la plus vive allégresse.
La suave ambroisie est bien moins douce aux dieux,
Que ne l'est aux Français ce discours généreux.
O ciel ! qui peut le croire? une si grande offense
Au lieu d'un châtiment trouve une récompense !
Voilà ce qu'aux vaincus imposent les vainqueurs :
Ce traité, cette loi, convient à leurs grands cœurs.
Le doux espoir succède aux cris affreux d'alarmes.
Le matin d'un beau jour s'offre dans tous ses charmes.
Avec moins de transports l'œil revoit le printemps,
Dont le riant aspect dissipe les autans,
De sa morne langueur retire la nature,
Et rend à l'univers sa brillante parure,
Que la France ne voit ces nobles protecteurs,
Ces amis de la paix, ce congrès de vainqueurs.

Sous leur heureux génie, à l'abri des tempêtes,
La France juste et sage abjure les conquêtes.
Des nobles alliés, aimable Vérité,
Redis-nous quelle fut la sensibilité ?
Emus à ce tableau, ces rois jettent leurs armes,
S'embrassant attendris, et confondant leurs larmes :
« Plus de sang, disent-ils, tous les maux sont finis ;
« La France ouvre les bras à ses tendres amis. »
Et l'odieux tyran, sans âme et sans naissance,
Excite seulement leur pitié, leur clémence.
Au lieu de le punir par le glaive ou les fers,
Aux remords éternels ils livrent le pervers.
« Le lâche ne vit plus en attendant qu'il meure ; »
Il vit pour les remords, c'est mourir à toute heure.
Mais un vrai repentir peut du moins, pour jamais,
De son âme souillée effacer les forfaits.
C'est donc en pardonnant qu'ils punissent le crime !
Quel cœur n'admirerait un pardon si sublime ?
Avril du vrai bonheur donne l'heureux signal,
Et Mai ramène enfin d'Henri le sang royal.
O malheureuse France ! aujourd'hui fortunée,
La valeur, les vertus règlent ta destinée !
Le voile est déchiré, tu connais ton erreur.
Dans chacun de ces rois tu voyais un vengeur,
Tu prenais des héros pour des princes vulgaires ;
Eh ! que sont-ils pour toi ? des amis et des pères.
Tu vois dans tout leur jour briller l'humanité,
La sagesse, l'honneur, la magnanimité.
   Mais quand ce changement, cet ouvrage céleste,
Arrête enfin le sang, le peu de sang qui reste,
Que par un doux pardon les cœurs sont rapprochés,
Les malheurs oubliés, et tous les pleurs séchés,

Le féroce tyran, dans sa rage implacable,
Vient tramer un complot odieux, exécrable.
Par une trahison, l'oppresseur des Etats
Fait violér la foi de nos braves soldats.
De la terre et des cieux rallumant la vengeance,
Sur le bord de l'abîme il met encor la France;
Ce brigand furieux nous reforge des fers,
Et déjà de terreur fait trembler l'univers.
Une seconde fois les Alliés sublimes
Revolent au secours de nos Rois légitimes.
Les guerriers de l'Etat, généreux défenseurs,
S'unissent avec joie à ces libérateurs.
L'indomtable tyran à cet aspect succombe.
C'en est fait : pour toujours son trône fatal tombe.
Par la main de ces Rois le monstre est abattu,
Et le vice à la fin le cède à la vertu.
Ce colosse sanglant d'orgueil, de barbarie,
Qui trouvait dans les maux l'aliment de sa vie,
Ainsi qu'un mont affreux suspendu dans les airs,
Tout à coup disparaît et se perd dans les mers.

   Il n'est plus d'étrangers dans les deux hémisphères;
Il n'est qu'une famille et de fils et de pères.
Le retour des Bourbons est la fête du cœur.
L'Europe est à jamais le temple du bonheur.
La Vengeance se tait, et l'Amitié s'éveille,
L'Humanité triomphe, et la Pitié sommeille.
La Grâce à pleines mains prodigue ses trésors,
Console tendrement le sincère remords.
Les indulgentes lois ramènent la concorde,
Font chérir la vertu, font haïr la discorde.
Des vainqueurs, des vaincus se confondent les vœux;
Mais ils sont tous vainqueurs puisqu'ils sont tous heureux.

Tout reprend ses goûts purs , ses vrais traits , un cœur tendre ,
L'amour, en souriant tout bas , nomme ALEXANDRE !
On dit de tous côtés dans le sein du plaisir ,
La bonté , la valeur , nous ont fait ce loisir.
Déjà règnent partout la joie et l'espérance ;
D'un pôle à l'autre on voit circuler l'abondance ,
L'empire de Thétis est couvert de vaisseaux ,
Et la félicité fait oublier les maux.
L'univers en extase admire cet ouvrage ,
Où l'immense avenir se montre sans nuage.
Des peuples le bonheur est à jamais complet ;
Ils n'ont plus qu'à jouir, les Rois seuls ont tout fait.
Pour nous le siècle d'or renaît par la clémence ,
Et la divine Astrée amène l'innocence ;
Le père des saisons, sur son char radieux ,
Nous comble de présens bien moins délicieux.

Chaque mortel redit ALEXANDRE ! ALEXANDRE !
De l'aurore au couchant son nom se fait entendre ;
Et les cieux et la terre , et les eaux à la fois ,
Tout en joyeux échos, tout répond à ces voix.
De nos cœurs puisse-t-il entendre le langage !
Mais est-ce assez pour lui qu'un éternel hommage ?
Qu'il soit l'heureux sujet des travaux des neuf Sœurs,
Comme il est et l'espoir et l'amour de nos cœurs !
Ah ! si par les bienfaits sa vie est mesurée ,
Quel Nestor en pourrait égaler la durée ?
Que sa compagne auguste , exemple des vertus ,
Et qu'anima Minerve, et que forma Vénus,
Si digne d'embellir son immortelle vie ,
Aussi daigne approuver des cœurs d'être chérie.
O mes Dieux ! que leurs vœux soient en tout satisfaits !
Qu'ils goûtent des plaisirs pareils à leurs bienfaits.

Magnanime vainqueur, conquérant pacifique,
Où donc avez-vous pris ce projet héroïque,
D'unir en un faisceau, par vos nombreux exploits,
Par vos rares vertus, les peuples et les rois ?
C'est un souffle divin du plus grand des Dieux même,
Qui dirige vos pas vers la grandeur suprême.
Toutes les nations, semblables aux vaisseaux,
Jouets de la tempête et battus par les flots,
Que conduit un pilote habile autant que sage,
Ont retrouvé le port en dépit de l'orage.
Ainsi tout l'univers dans la félicité,
Auprès de la valeur voit régner la bonté.
Comme il reste un parfum par où passent les Grâces,
De même vos bienfaits marquent partout vos traces.
Songe-t-on à l'hiver quand les ris et l'amour,
Sur la rose et le lis folâtrent tout le jour ?
Le bonheur désormais, dans nos belles demeures,
Conduit par les Bourbons, vient mesurer nos heures :
Oui, la France surtout atteint, par vos bontés,
Le comble désiré de ses prospérités.
La Dwina de ses flots ira grossir la Seine,
Avant que du bonheur se rompe encor la chaîne.
Honneur des potentats, et délices des cœurs,
Vous, dont la main se plaît à tarir tous les pleurs,
Pourquoi vous dérober à la reconnaissance,
En prodiguant les dons nous forcer au silence ?
C'est par vous que l'Europe est l'image des cieux.
L'univers transporté vous place au rang des Dieux,
Et l'Olympe applaudit. Chaque être qui respire,
Plein d'amour, de respect, se tait, adore, admire.
Contemplez ce tableau, vrai tableau du bonheur.
Le bonheur des vaincus est le prix du vainqueur.

Les siècles à venir, d'une voix unanime,
Sans cesse béniront votre âme magnanime.
Votre éclat rejaillit sur vos peuples heureux ;
Vous rendez vos sujets des vainqueurs généreux.
Tous les cœurs à grands flots volent vers la Russie ;
Les mortels sont jaloux de l'avoir pour patrie,
De vivre sous vos lois, dans vos brillans Etats.
Où les cœurs sont heureux, il n'est point de frimas.
Que l'illustre Russie, à jamais triomphante,
Elève jusqu'aux cieux sa tête bienfaisante !
Vérité ! tu diras les exploits généreux,
L'aimable urbanité des Sclaves valeureux,
Qui, sous PIERRE soldats, héros sous ALEXANDRE,
Ont su tout achever comme tout entreprendre.
C'est toi, témoin sacré du bonheur des humains,
Dont la voix publîra les immortels destins,
De leur sublime chef, plus grand que la Victoire,
Que nos neveux, sans toi, ne pourraient jamais croire ;
Tu diras, de ce Roi combattant pour la Paix,
Enchaînant l'injustice, et semant les bienfaits,
Qui, joignant la valeur sans cesse à la clémence,
Fait partout adorer son nom et sa puissance,
Qui sait dans un seul jour faire oublier les maux
De vingt ans de discorde et d'odieux complots,
« Le voilà, *le vrai Roi, le Héros véritable*,
« Digne d'être loué pour sa gloire ineffable.
« L'Alexandre d'Europe a brisé tous les fers,
« A su changer, régler le sort de l'univers ;
« Par ses hautes vertus, par son noble courage,
« A rendu pour toujours son siècle heureux et sage,
« A soumis tous les cœurs par les plus rares dons,
« S'est armé pour les rois et pour les nations,

« A conquis le bonheur de la terre et de l'onde,
« A de son oppresseur su délivrer le monde,
« Des mortels transportés a refusé l'encens;
« Mais son nom franchira la borne encor du temps. »
    Fiers Alcides français, admirez ce modèle;
Vous le reconnaissez, le portrait est fidèle :
Trente siècles n'ont vu rien de plus enchanteur;
Le plus beau des mortels du monde est le sauveur.
O Français abusés, mais toujours estimables,
Vrais amans des excès, je vous vois adorables,
Imitant désormais ce Héros bienfaisant,
Des vainqueurs le plus noble, et des rois le plus grand.
De ce guide, apprenez la véritable gloire,
Celle qui grave un nom au temple de Mémoire;
Que connurent aussi nos Henri; nos Louis,
Que connaîtra toujours le beau sceptre des lis.
Ah! tant que des humains habiteront la terre,
J'en jure par nos cœurs, sa gloire sera chère!
S'il n'est point de tyrans, ni d'affreux destructeur,
Qui n'imite parfois le prince bienfaiteur;
Il n'est point de vrai roi, ni de héros sublime,
Sans un cœur délicat, sensible et magnanime.
Du monarque au tyran quelle distance entre eux!
L'un est fils de l'enfer, l'autre est enfant des cieux.
Dans ses noires fureurs, l'un désole la terre;
Par ses hautes vertus, l'autre lui sert de père :
Franchissant ses Etats, pour verser ses bienfaits,
Il rend tous les humains ainsi que lui parfaits.
    Malgré sa modestie offrons un pur hommage,
Français, à ce Héros digne du premier âge!
Un hommage éternel, qui comble tous nos vœux,
Qui puisse être avoué de son cœur vertueux.

Oui, d'un œil que l'amour, que le bonheur éclaire,
Ce Potentat préside aux destins de la terre.
Sous les traits enchanteurs de la divinité,
Qu'il imite si bien, de l'auguste bonté,
Elevons des autels au divin ALEXANDRE;
De l'honorer ainsi pourrait-il nous défendre?
Ce Monarque excellent, et dont les attributs
Sont ceux mêmes d'un Dieu, recevra nos tributs.
Ah! des anciens Romains réparons l'ignorance;
Hâtons-nous, par amour et par reconnaissance,
De placer en ce jour au rang des premiers Dieux,
La sensible Bonté, par qui tout est heureux.
L'ALEXANDRE du Nord, sa douce et vive image,
Enchante l'univers et lui vaut cet hommage.
Dans le sein de Paris, au plus parfait bonheur,
A jamais consacré par son libérateur,
Construisons donc un temple où l'art et la nature
S'unissent à la fois dans sa noble structure :
Que l'aimable Vertu, de ce doux monument,
Dédié par nos cœurs, pose le fondement;
Qu'élevé par les mains de la troupe immortelle,
Les Grâces et le Goût en fassent un modèle
Digne de posséder la céleste Bonté :
Plaçons à son côté la Sensibilité.
Qu'un nuage odorant à l'entour s'évapore,
Et de l'aurore au soir, et du soir à l'aurore,
ALEXANDRE, ce mot, symbole de l'honneur,
Sera, sur la façade, écrit par la valeur.
Chaque jour franchissant les climats et les ondes,
On verra les humains y voler des deux mondes,
Encenser les autels de cette déité,
Lui porter les tributs de la prospérité.

Les sages, les héros., les talens, l'art de plaire,
Seront les seuls admis au sacré sanctuaire,
Où la reconnaissance aura mis les portraits
Des princes généreux , pères de leurs sujets.
Leurs ombres erreront dans ce séjour aimable,
Admirant *ce vrai Roi*, *ce Héros véritable*;
S'écriront à-la-fois : « Il est plus grand que nous! »
Exista–t-il jamais un triomphe aussi doux ?
Là, des concerts divins la douce mélodie
Du monde exprimera la parfaite harmonie ;
Là, le bonheur, l'amour, les vœux reconnaissans,
S'uniront à l'envi pour bénir en tout temps
Celui dont la clémence éternise la gloire,
La splendeur, les vertus, l'immortelle victoire ;
Là, pour mieux célébrer ses prodiges nombreux,
Quoique sans fiction, pourtant si merveilleux,
D'une voix que le cœur, que le génie inspire,
Un poète loûra ce que chacun admire.
Quel cygne harmonieux chantera ses bienfaits ?
Il n'en est, il n'en fut, il n'en sera jamais.
Cessons de concevoir un espoir inutile.
Si pour chanter Auguste on doit être Virgile,
Pour chanter ALEXANDRE on doit être Apollon :
Un dieu seul peut louer dignement ce grand nom.
Puisse au moins ce héros, excusant mon délire,
Savoir ce qu'à mon sexe, aux mortels il inspire !